魔法圖書館②
愛麗絲的奇幻仙境

人物介紹

妮妮

因為不小心打開魔法之書，和姐姐佳妮一起再次被召回「范特西爾」。親和力十足，和奇幻國的奇怪人們成為朋友，並以天馬行空的想法解決問題。

佳妮

喜歡讀書，因此對范特西爾裡的人和王國都很熟悉。由於擔心妹妹妮妮做事太衝動，所以非常小心謹慎。出於對妹妹的疼愛，會對妮妮嘮叨。

愛麗絲

是奇幻國少見理性且品格端正的女孩。身為故事的主角，雖然她很有責任感，想把黃金書籤還給魔法圖書館，卻因為公爵的阻止而被撲克牌士兵追捕。

白兔

個性膽小，做事畏首畏尾，說話也經常模稜兩可，不過他做的蘿蔔料理是范特西爾米其林三星等級！

帽子先生

很會開玩笑，也很擅長辯論。由於惹時間先生不開心，而被困在不會流逝的時間裡。

毛毛蟲

對自己的外貌感到自卑，所以不喜歡別人來找他。擁有可以調節身體大小的蘑菇。

柴郡貓

隨心所欲出現又消失的貓，平常都找不到他，只有在發生趣事的時候，他才會現身。

紅心王

奇幻國的王，認為自己講的話就是法律，如果有人不順她的意，就會下令處死對方。

公爵

個性蠻橫霸道，但很害怕紅心王。她下令追捕愛麗絲和白兔……難道她是黑魔法師派來的部下？

目錄

為什麼要守時？

妮妮，你不是4點要回家嗎？

已經5點了。

時間怎麼過得這麼快？

叩叩！

哇！

我們不是約好4點要回家嗎？你為什麼不守時？

我只是再玩一下而已，誰知道時間咻的一下就過了。

你沒看時鐘嗎？而且你還帶了毛毛出門。

對不起嘛！

守時有那麼重要嗎？

第1章

前往奇幻國

搜集世界上最脆故事的書？

讓人大笑的果醬？可以吃嗎？

　　佳妮、妮妮和愛麗絲一直往下墜落，她們的身旁出現了很多奇怪的東西，讓佳妮和妮妮看得目不暇給。

「什麼時候才會到奇幻國啊？」

愛麗絲笑著說：「再一會兒就到了。」

我可不保證會發生什麼事喔！

層架上擺著怪異書名的書、會自動倒出茶來的漂亮茶壺、吃了會有特殊效果的餅乾和果醬⋯⋯妮妮好奇的東看西看，佳妮則把握時間問愛麗絲問題。

「奇幻國為什麼有危險？」

　　「公爵的靈魂好像被黑魔法師奪走，變成他的部下了。」

「又是黑魔法師！」

　　「靈魂被奪走是什麼意思？」

「公爵最近像變了個人，對奇幻國的黃金書籤虎視眈眈，幸好我先找到它，並且交給時間先生保管。」

　　「時間先生是誰？」

「時間先生管理著奇幻國的時間。」

　　「妮妮真該向他學習。」

「這裡不是奇幻國，是嚴格國吧！我才不需要學習管理時間！」

「如果沒有時間先生，奇幻國的時間就會停止，有他在，時間才能順利流逝。」

「真是奇怪的國家，時間竟然可以停止！」

「我開始有點喜歡這裡了。」

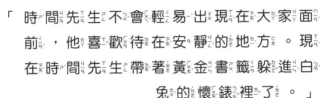「時間先生不會輕易出現在大家面前，他喜歡待在安靜的地方。現在時間先生帶著黃金書籤躲進白兔的懷錶裡了。」

「時間先生的身材小到可以躲進懷錶裡嗎？」

「在奇幻國，每個人都有辦法讓身體變大或變小，時間先生甚至能讓身體變透明。」

「那我們先跟白兔拿懷錶，把時間先生叫出來，再拿回黃金書籤，任務就完成啦！」

「問題是白兔被公爵當成犯人，關進監獄了。」

白兔被關進監獄了？

17

大家好，
我叫愛麗絲。

三人抵達地面後，愛麗絲提起裙襬，向佳妮和妮妮正式打招呼。

「對了，我還沒自我介紹。我叫愛麗絲，歡迎來到我居住的奇幻國。」

「你好，我叫佳妮，她是我的妹妹妮妮。」

妮妮擔心黃金書籤的下落，急忙追問：「公爵是想得到黃金書籤，才把白兔抓起來嗎？」

「是的。公爵原本對黃金書籤一點也不感興趣，分明是被黑魔法師奪走靈魂，才會變成現在這樣。」

這時候，佳妮指著前方屋子的門大喊：「那扇門是不是正在變小？」

「糟了！」

愛麗絲回頭對佳妮和妮妮說：

快跑！

她們朝門的方向拔腿狂奔，跑在最前面的愛麗絲使勁踹開門，帶著佳妮和妮妮衝到走廊上。

19

咻咻！

走廊不斷變窄，天花板也逐漸變矮。

佳妮的頭就快撞到天花板，走廊兩邊的牆壁也快碰到她的肩膀了。

「姐姐，快點！」即使是身形比較嬌小的妮妮，要通過這個越來越狹窄的走廊也很吃力。

「怎麼辦？我過不去！」佳妮大聲呼救。

「側著身體試試看！」愛麗絲說。

佳妮像螃蟹一樣側著身體走，速度卻快不起來，看不下去的妮妮趕緊從後面推她。

砰！

　　走廊盡頭的出口逐漸變小，無法站立的愛麗絲不得已躺下來，一腳踢開門滑了出去，佳妮和妮妮也緊跟在後。

「你們也很擅長滑壘喔！」

愛麗絲站起來，露出燦爛的笑容。佳妮和妮妮拍拍褲子後也站了起來。

「我們趕快去救白兔，然後拿回黃金書籤吧！」

「好帥，不愧是英雄！」

「愛麗絲，你說白兔被關在監獄，對吧？」

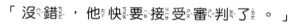「沒錯，他快要接受審判了。」

「白兔的罪名是什麼？」

「他被指控偷了公爵的扇子和手套，但這是絕對不可能的，因為白兔的個性非常膽小。」

「愛麗絲，你不能幫白兔嗎？你是這個故事的主角啊！」

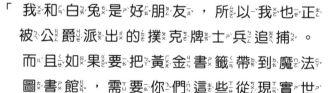「我和白兔是好朋友，所以我也正被公爵派出的撲克牌士兵追捕。而且如果要把黃金書籤帶到魔法圖書館，需要你們這些從現實世界來的人的力量。」

「沒問題，我們來幫你。」

「白兔就拜託你們了，我必須找個地方躲避撲克牌士兵的追捕。對了，記得在奇幻國裡，不能隨便把東西吃下肚喔！」
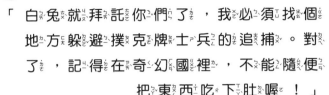

「就算我再怎麼愛吃，也不會把來路不明的東西放進嘴裡。」

「妮妮，請你務必記住你剛剛說的話。」

「路上小心！」

「交給我們吧！」

「愛麗絲，你也要小心！」

佳妮和妮妮循著愛麗絲告訴她們的路，前往白兔所在的地方。

「姐姐，剛才多虧我，你才能活下來，不然你就被卡在走廊死翹翹了！」

「是嗎？要不是你，我現在應該正和爸爸、媽媽一起吃著美味的晚餐呢！」

「呃……你這麼一說，我忽然覺得好餓喔！這裡有便利商店嗎？」

這時候，路旁的樹木紛紛轉向佳妮和妮妮，並伸出樹枝上結實纍纍又香氣四溢的果實。

「小女孩，肚子餓了嗎？要不要吃我的果實啊？好吃又大顆，還會讓你長高喔！」

其他樹木也爭先恐後伸出自己掛著果實的樹枝，誘惑佳妮和妮妮。

「還是吃我的果實吧！它能讓你變得漂亮又聰明呢！」

「我的果實平常只有紅心王能享用，今天特別大放送，請你們吃喔！」

佳妮和妮妮被樹木們說的話打動，不知不覺朝果實伸出手。

不行！

此時，從後方傳來愛麗絲阻止她們的聲音，佳妮和妮妮這才回過神來。

　　「我因為擔心就跟上來看看，你們果然沒把我說的話放在心上！」

　　愛麗絲隨手摘下一顆果實，丟進其中一棵樹木的嘴裡，那棵樹木吞下果實後，砰的一聲就變成青蛙了。

　　「哈哈哈！太好笑了！」其他樹木們一改原先親切的模樣，紛紛露出惡作劇得逞的奸笑。

　　佳妮和妮妮看到樹木們的真面目後，全身都起了雞皮疙瘩。

　　「看到了吧？你們要有警覺心，這裡可是不知道會發生什麼事的奇幻國啊！」

　　愛麗絲說完話就鑽進旁邊茂密的樹叢裡，繼續躲避撲克牌士兵的追捕。佳妮和妮妮則餘悸猶存的吞了一口口水，出發前往遠方的城堡。

第2章

尋找帽子先生

　　佳妮和妮妮根據愛麗絲的指示，一邊走著，一邊數著城牆的磚塊。

　　「是從城門往左數第73個，再從下往上數第13個，對吧？」

　　佳妮謹慎的和妮妮確認，而專心數數的妮妮則沒有聽到她說的話。

　　「72……73，就是這個！」

　　妮妮接著要從下往上數第13個磚塊，但是她的身高不夠高，只好爬到佳妮的肩膀上。

　　「妮妮，你找到了嗎？」

　　妮妮試著摸了那塊磚塊，發現它和其他磚塊不同，摸起來鬆鬆的，似乎用手就能輕易拿出來。

「愛麗絲，你終於來了！」

拿掉那塊磚塊後露出一個洞，白兔的頭忽然從洞裡探出來。

佳妮和妮妮嚇了一跳，差點因為沒踩穩而跌倒。

不是愛麗絲！
你們是誰？

佳ㄐㄧㄚ妮ㄋㄧˊ和ㄏㄜˊ妮ㄋㄧˊ妮ㄋㄧˊ向ㄒㄧㄤ白ㄅㄞ˙兔ㄊㄨˋ訴ㄙㄨˋ說ㄕㄨㄛ她ㄊㄚ們ㄇㄣ˙和ㄏㄜˊ愛ㄞˋ麗ㄌㄧˋ絲ㄙㄧ一ㄧˋ起ㄑㄧˇ經ㄐㄧㄥ歷ㄌㄧˋ的ㄉㄜ˙事ㄕˋ情ㄑㄧㄥˊ。

　　「是ㄕˋ愛ㄞˋ麗ㄌㄧˋ絲ㄙ拜ㄅㄞˋ託ㄊㄨㄛ我ㄨㄛˇ們ㄇㄣ˙來ㄌㄞˊ救ㄐㄧㄡˋ你ㄋㄧˇ的ㄉㄜ˙。」

　　白ㄅㄞˊ兔ㄊㄨˋ點ㄉㄧㄢˇ點ㄉㄧㄢˇ頭ㄊㄡˊ。「原ㄩㄢˊ來ㄌㄞˊ愛ㄞˋ麗ㄌㄧˋ絲ㄙ的ㄉㄜ˙處ㄔㄨˇ境ㄐㄧㄥˋ也ㄧㄝˇ很ㄏㄣˇ危ㄨㄟ險ㄒㄧㄢˇ，雖ㄙㄨㄟ然ㄖㄢˊ她ㄊㄚ也ㄧㄝˇ有ㄧㄡˇ可ㄎㄜˇ能ㄋㄥˊ沒ㄇㄟˊ事ㄕˋ。」

愛麗絲說得對，
這一切很有可能是
黑魔法師的陰謀，
但也有可能不是。

「白兔，懷錶在你那裡嗎？」

面對妮妮的問題，白兔露出為難的表情。

「的確在我這裡，但也不完全在我這裡。」

「什麼意思？」

佳妮滿頭霧水接著問。

「我被關進監獄的時候，撲克牌士兵把我身上所有東西都拿走了，害我現在和裸體差不多……不過我有穿衣服啦！」

白兔的話讓佳妮和妮妮噗哧一聲笑了出來，佳妮覺得這樣有點不禮貌，趕緊清了清嗓子。

「怎麼做才能把懷錶找回來呢？」

「如果我獲判無罪，應該會把懷錶還給我，雖然也有可能不會。」

這回答讓妮妮皺著眉。「為什麼你講話總是模稜兩可？說個肯定的答案啦！」

「怎麼做你才能獲判無罪呢？」

佳ㄐㄧㄚ妮ㄋㄧ再ㄗㄞˋ次ㄘˋ問ㄨㄣˋ白ㄅㄞˊ兔ㄊㄨˋ。

「如ㄖㄨˊ果ㄍㄨㄛˇ帽ㄇㄠˋ子ㄗˇ先ㄒㄧㄢ生ㄕㄥ能ㄋㄥˊ證ㄓㄥˋ明ㄇㄧㄥˊ我ㄨㄛˇ沒ㄇㄟˊ有ㄧㄡˇ偷ㄊㄡ公ㄍㄨㄥ爵ㄐㄩㄝˊ的ㄉㄜ˙扇ㄕㄢˋ子ㄗˇ和ㄏㄜˊ手ㄕㄡˇ套ㄊㄠˋ就ㄐㄧㄡˋ好ㄏㄠˇ了ㄌㄜ˙，不ㄅㄨˊ過ㄍㄨㄛˋ也ㄧㄝˇ不ㄅㄨˋ一ㄧˊ定ㄉㄧㄥˋ要ㄧㄠˋ去ㄑㄩˋ求ㄑㄧㄡˊ他ㄊㄚ幫ㄅㄤ忙ㄇㄤˊ。」

妮ㄋㄧ妮ㄋㄧ對ㄉㄨㄟˋ白ㄅㄞˊ兔ㄊㄨˋ不ㄅㄨˋ明ㄇㄧㄥˊ確ㄑㄩㄝˋ的ㄉㄜ˙說ㄕㄨㄛ話ㄏㄨㄚˋ方ㄈㄤ式ㄕˋ越ㄩㄝˋ來ㄌㄞˊ越ㄩㄝˋ不ㄅㄨˋ耐ㄋㄞˋ煩ㄈㄢˊ。

「也ㄧㄝˇ就ㄐㄧㄡˋ是ㄕˋ說ㄕㄨㄛ，帽ㄇㄠˋ子ㄗˇ先ㄒㄧㄢ生ㄕㄥ可ㄎㄜˇ以ㄧˇ證ㄓㄥˋ明ㄇㄧㄥˊ你ㄋㄧˇ的ㄉㄜ˙清ㄑㄧㄥ白ㄅㄞˊ，我ㄨㄛˇ們ㄇㄣ˙只ㄓˇ要ㄧㄠˋ把ㄅㄚˇ他ㄊㄚ帶ㄉㄞˋ到ㄉㄠˋ法ㄈㄚˇ庭ㄊㄧㄥˊ就ㄐㄧㄡˋ可ㄎㄜˇ以ㄧˇ了ㄌㄜ˙吧ㄅㄚ˙？」

「如ㄖㄨˊ果ㄍㄨㄛˇ你ㄋㄧˇ們ㄇㄣ˙能ㄋㄥˊ帶ㄉㄞˋ帽ㄇㄠˋ子ㄗˇ先ㄒㄧㄢ生ㄕㄥ出ㄔㄨ庭ㄊㄧㄥˊ作ㄗㄨㄛˋ證ㄓㄥˋ，我ㄨㄛˇ會ㄏㄨㄟˋ很ㄏㄣˇ開ㄎㄞ心ㄒㄧㄣ，雖ㄙㄨㄟ然ㄖㄢˊ也ㄧㄝˇ……」

「夠ㄍㄡˋ了ㄌㄜ˙！」

佳ㄐㄧㄚ妮ㄋㄧ和ㄏㄜˊ妮ㄋㄧ妮ㄋㄧ異ㄧˋ口ㄎㄡˇ同ㄊㄨㄥˊ聲ㄕㄥ阻ㄗㄨˇ止ㄓˇ白ㄅㄞˊ兔ㄊㄨˋ繼ㄐㄧˋ續ㄒㄩˋ說ㄕㄨㄛ下ㄒㄧㄚˋ去ㄑㄩˋ。

「帽子先生的家在哪裡？」

「往那座森林走，很快就會看到了。帽子先生的家外觀就像一頂帽子，一看就知道，但是也有可能不知道。」

白兔似是而非的話讓佳妮和妮妮聽得頭昏腦脹，她們決定先出發再說，於是兩人一起離開城牆，前往森林。

走了一段時間後，妮妮的腳步停了下來。

「姐姐，那就是帽子先生的家吧？」

爬上山坡的佳妮和妮妮，看著寬闊田野間有一棟外觀和帽子相似的房子，她們立刻朝房子狂奔。和兩人推測的一樣，那裡就是帽子先生的家。

在屋子前院裡有一張很大的桌子，帽子先生、三月兔和睡鼠已經玩了好一會兒桌遊。

「大家好，我們是佳妮和妮妮，我們是來找帽子先生幫忙的。」

嚇我一跳！

三月兔和帽子先生被前來拜訪的人嚇到差點把嘴裡的茶吐出來，而他們的反應也讓佳妮和妮妮不知所措。

「對不起，我的聲音太大了嗎？」佳妮慌張的問。

你們怎麼可以這樣打招呼呢？害我們嚇到了！

「正確的打招呼方式應該是這樣。」

三月兔跳上桌子，然後深吸一口氣。

「大家好！！！！！」

三月兔用足以撼動森林的音量大吼，佳妮和妮妮趕緊摀住耳朵，帽子先生則拍著桌子哈哈大笑。

「沒錯，要這樣打招呼，聽的人才不會嚇到。」

妮妮對帽子先生講的話無言以對。

「好奇怪，這樣明明更容易嚇到吧！」

從桌上下來的三月兔幫佳妮和妮妮拉開椅子，兩人就坐在帽子先生的對面。

　　「吃點炸雞和披薩吧！」帽子先生說。

　　但是桌上只有麵包和餅乾，根本沒有炸雞和披薩。妮妮擔心自己聽錯而看向佳妮，但佳妮也是一臉茫然。

「桌上沒有炸雞和披薩啊！我們要怎麼吃？」

帽子先生理直氣壯的回答妮妮：「我是叫你們吃炸雞和披薩，又沒說這裡有炸雞和披薩。」

佳妮對帽子先生和三月兔奇怪的態度感到有點生氣。

「你們怎麼能這樣戲弄人呢？真是沒禮貌！」

三月兔呵呵笑著。「沒禮貌的是你們，我們沒說可以坐下，你們就自己坐下來了。」

妮妮頓時火冒三丈。「幫我們拉開椅子的人明明是你！」

「我是拉開了椅子，但是沒叫你們坐下來啊！」三月兔反駁道。

「真是奇怪的奇幻國。」
佳妮無奈的搖了搖頭。

「沒錯，真的超奇怪。」
妮妮也覺得無可奈何。

呼嚕！呼嚕！

神奇的是，在這麼吵雜的環境，睡鼠竟然還能不被打擾呼呼大睡，甚至還打呼！

「現在不是開玩笑的時候！」

佳妮氣呼呼的說著，妮妮也附和她的話。

「沒錯，白兔被關進監獄了！」

三月兔嚇了一大跳，砰的一聲跳了起來。

「怎麼會這樣？」

「因為公爵誣賴白兔偷了她的扇子和手套。」

佳妮向三月兔和帽子先生說明白兔遇到的困境。

「你們趕快去幫白兔洗刷罪名吧！」

妮妮雙手合十，拜託兩人去幫助白兔。

帽子先生態度高傲的從椅子上站起來，緩緩開口。

「我們像是會對白兔伸出援手的樣子嗎？」

帽子先生似乎想袖手旁觀，這讓佳妮和妮妮非常緊張。

「只要在法庭上證明白兔是清白的就可以了吧？」

「對，就是這麼簡單。」

「我們趕快去法庭吧！」

「不行，我們無法離開這裡。」

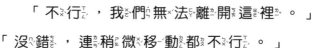「沒錯，連稍微移動都不行。」

「為什麼？已經沒時間了！」

「你們也惹時間先生不開心了嗎？」

「什麼意思？你們在開玩笑嗎？」

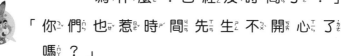「時間先生在我們王國的地位非常崇高，只要讓他開心，就能做所有想做的事。」

「因為我們連續好幾天都無所事事，好像讓時間先生不太開心。」

「也就是說，因為你們惹時間先生不開心，導致這裡的時間被暫停，你們就不能離開了？」

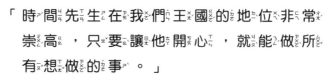「是的，你們終於明白了。自從惹時間先生不開心後，這裡就一直

是下午6點，我們明明已經結束
一局桌遊，想要開始下一局，卻
一直回到同樣的時間點。」

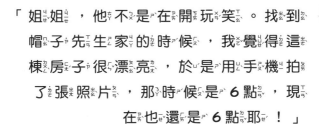

「姐姐，他不是在開玩笑。找到
帽子先生家的時候，我覺得這
棟房子很漂亮，於是用手機拍
了張照片，那時候是6點，現
在也還是6點耶！」

「怎麼做才能讓時間恢復正常
呢？」

「只要讓時間先生的心情變好，
時間就會開始流逝吧？那就讓
時間先生開心啊！」

「這也太難了吧！」

「有道理，時間先生如果知道我們
高興的玩樂，他的心情應
該就會變好。」

「那大家一起來玩趣味
大富翁吧！」

答對問題就能前進，
答錯則會掉到無人島。

起點

① 人的心是什麼顏色？

不是紅色的嗎？

嘻！嘻！

② 偷什麼東西不犯法？

因為他有超能力嗎？

⑩ 小明為什麼可以連續8個小時不眨眼？

⑨ 哪個月有28天？

⑪ 哪種鴨子用兩隻腳走路？

這題我會！

⑫ 數字1到9中，誰最懶惰？誰最勤勞？

⑬ 全世界最大的公雞是從哪裡來的？

⑭ 全世界最大的地瓜長在哪裡？

動物有方向感嗎？

③ 什麼動物最沒有方向感？

④ 什麼動物能貼在牆壁上？

⑤ 蚊子叮在哪裡不會讓你覺得癢？

有可能嗎？

答案是成語喔！

⑧ 不暈車的最好方法是什麼？

⑦ 烏龜的心像什麼東西？

⑥ 什麼東西不怕石頭，只怕剪刀？

我不擅長成語啦！

⑮ 貓熊一生最大的遺憾是什麼？

終點

▶ 答案在第136頁。

「真不甘心，我一題都沒答對！」

「你的臉一下紅、一下白，
　　像變色龍一樣呢！」

「最後由我來出一道很難的題目：
　　烏鴉和書桌有什麼共通點？」

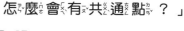「一個是動物，一個是物體，
　　怎麼會有共通點？」

「太難了，我投降！」

「我知道，共通點是烏鴉
　　和書桌都不是兔子。」

「哈哈哈！這算什麼共通點啊！」

「如果是這樣，我可以說
　　出 100 個共通點喔！」

「我可以說 1000 個！烏鴉和書桌
　　都不穿鞋子、不戴帽子、不會跳
　　舞、不會做菜……」

「錯了，你怎麼知道沒有會
　　穿鞋子、戴帽子、跳舞、
　　做菜的烏鴉呢？」

「那麼這個答案如何？烏鴉和書桌
　　都不能游泳。」

「答對了！那烏鴉和書桌都不能游泳的原因是什麼？」

「還沒結束嗎？」

「可以一直玩下去真是太棒了！我越來越喜歡奇幻國了！」

「烏鴉和書桌不能游泳的原因……好難啊！沒有提示嗎？」

「沒有提示，努力動腦吧！」

「呼哇！因為烏鴉和書桌都沒有泳裝。」

「嚇我一跳！睡鼠，你不是在睡覺嗎？」

「我沒說我在睡覺啊！我一字不漏的聽到現在喔！」

叮咚！答對了！

現在是7點，時間終於動了！

　　看到時鐘裡的時針開始轉動，三月兔興奮得跳起來。大家往窗外一看，發現太陽已經下山了。

　　「萬歲！計劃成功了！」

「現在可以出發了嗎？」佳妮問帽子先生。

「沒問題，我們趕快去幫助白兔吧！」

一行人立刻衝出帽子先生的家，拔腿奔向法庭。

第4章

法庭攻防戰

　　佳妮、妮妮、帽子先生、三月兔和睡鼠到達法庭時，現場正瀰漫著緊張的氣氛。

　　法官席上站著表情嚴肅的紅心王，在她面前的是被關在牢籠裡、嗚咽哭泣的白兔。

　　「公爵，你的訴求是什麼？」紅心王詢問坐在旁邊的公爵。

　　「在這隻可惡的兔子把我的扇子和手套還來之前，我要讓他當我的僕

人异！」

　　陪冬審宗員宗和宗旁冬聽室的宗觀冬眾冬們宗因云為冬公冬爵宗的宗指业控冬開宗始宗交宗頭宗接宗耳宗。

　　紅冬心宗王冬生宗氣宗的宗說冬：「這室隻业兔云子宗偷宗走冬你宗的宗東宗西宗，應宗該宗判宗他宗死宗刑宗！」

　　被冬關宗在宗牢宗籠宗裡宗的宗白宗兔宗雙冬手宗顫宗抖冬，緊宗抓冬著宗鐵宗柵宗欄宗。

　　「我宗沒宗有宗偷宗東宗西宗，我宗絕宗對冬不宗會冬做冬這室種冬事宗！雖宗然宗你宗們宗認宗為冬我宗可宗能宗會冬做冬這室種冬事宗……」

「給我說清楚，你到底有沒有偷東西？如果你不說清楚，就判死刑！」紅心王以尖銳的嗓音說著。

判死刑！

聽到紅心王的話，公爵大驚失色，小心翼翼的求情。

「陛下，我覺得沒有到判死刑的地步，我只想讓這隻兔子當我的僕人……」

那個……

「小偷當然要判死刑！」

面對紅心王的霸道，在場沒有人敢吭聲，法庭上瀰漫著沉重的氣氛。

佳妮和妮妮無法繼續冷眼旁觀，她們和帽子先生一起挺身而出，走向法庭的中央。

白兔是無辜的！

「你們是誰？」

「我叫佳妮，和妹妹妮妮一起來到這個國家旅行。我們聽說了白兔被冤枉的事，所以來幫助他。」

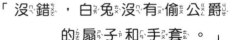
「沒錯，白兔沒有偷公爵的扇子和手套。」

「我們國家的事不需要外來的人插手！撲克牌士兵，快逮捕她們！」

「安靜！帽子先生是奇幻國的國民，我要聽聽他怎麼說。
還有，如果公爵你說謊，你也會被判死刑！」

我不知道白兔是不是小偷！

　　沒想到帽子先生會說出這種話，讓佳妮和妮妮驚訝得下巴都要掉下來了，陪審員和旁聽的觀眾們也因為這出乎意料的發展而瞠目結舌，只有公爵得意洋洋的笑著。

　　「我說得沒錯吧！」

　　在一片喧鬧聲中，帽子先生從容的調整了帽子，接著舉起手要大家安靜。

　「但是每個人都有可能是小偷，對吧？因為沒有證據能證明公爵說的話是對的。」

　「這麼說來，我沒收到公爵遞交的證據。公爵，你有證據嗎？」

　「我們家出現了長長的白色毛髮！」

　「我的毛很短啊！」

「請問有人看到白兔偷了公爵的扇
子和手套嗎？」

 「看到的人請舉手。」

「我也沒看到。」

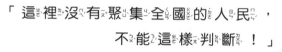 「這裡沒有聚集全國的人民，
不能這樣判斷！」

「請問公爵，你的扇子和手套什麼
時候不見的？」

「應該是昨天下午 3 點左右。」

「那時候我和白兔在一起，我們整
個下午都在我家的院子裡喝茶，
所以白兔不可能是犯人。」

「沒錯，我也和他們在一起。」

沒想到三月兔也願意幫白兔作
證，讓佳妮和妮妮都訝異得盯著他。

「我們兔子絕對不會偷別人的東
西，也不會說謊。」

三月兔對佳妮和妮妮眨了眨眼
睛。

　　法庭上的言論漸漸倒向白兔，
陪審員和旁聽的觀眾們都議論紛紛，
被這些聲音吵醒的睡鼠做出了最後一
擊。

　　「昨天下午，我們和白兔在一起
玩。」

　　「睡鼠，謝謝你。」

　　佳妮摸摸睡鼠的頭，睡鼠又立刻
睡著了。

「我要判決了！」

　　紅心王清了清喉嚨，然後大聲的宣布。

　　「公爵，你犯了了兩項很嚴重的罪：第一項，誣賴白兔是小偷；第二項，隨意命令撲克牌士兵。撲克牌士兵，馬上把公爵關進監獄！」

58

「你們等著瞧！」

公爵對著三人咆哮，接著就被撲克牌士兵帶走了。

被釋放的白兔高興的抱住佳妮和妮妮。

「多虧你們，我才能得救。」

因為太過開心，白兔說話模稜兩可的習慣難得沒有發作。佳妮和妮妮則跟著白兔一起蹦蹦跳跳。

「這些東西還給你。」

撲克牌士兵把白兔被關進監獄前沒收的東西還給他。

「我的懷錶呢？」

撲克牌士兵茫然的抓抓頭。「據我所知就是這些了。」

這時候，另一名撲克牌士兵從後面跑過來。

「你找的是這個吧？公爵把它緊緊咬在嘴裡，不肯交出來，我好不容易才拿回來。」

白兔接過撲克牌士兵還給他的懷錶，然後盯著它好一會兒。

「白兔，你在看什麼？」

「時間先生只有在發生趣事的時候，才會出現在大家面前，其他時候則要盯著指針，才會感覺到時間先生確實存在，雖然也不是只有這個方法。」

「這是什麼意思？」

「我知道了！玩得很開心的時候，才會感覺時間過得很快，如果一直盯著時針看，就會感覺時間過得很慢，對吧？」

「沒錯，但也有不是這樣的時候。」

「只要我們玩得不亦樂乎，時間先生就會出現了吧？」

「我們已經把白兔救出來，接下來只要從時間先生那裡拿回黃金書籤，我們的任務就成功了。」

「天色已經晚了，你們要不要來我家？當然，也……」

「也不一定要這樣？」

料想到白兔會說的話，佳妮和妮妮異口同聲的說完後就笑了。

白兔為佳妮和妮妮準備了豐盛的晚餐，全部都是用蘿蔔做成的料理，像是蘿蔔炒飯、燉蘿蔔、炸蘿蔔、蘿蔔沙拉……居然連飲料都是蘿蔔汁！佳妮和妮妮光看就覺得膩。

「雖然我喜歡吃蘿蔔，可是通通都是蘿蔔就……」

妮妮喃喃自語，佳妮在旁邊偷偷戳她的腰，提醒她別再說下去。

「白兔，謝謝你這麼熱情的招待我們，但是愛麗絲叫我們要小心這裡的飲食……」

白兔自信滿滿的回應了佳妮的話，連說話的方式都變得斬釘截鐵。

「放心，我做的菜都沒問題。這些是奇幻國最棒的蘿蔔料理，飯後還有蘿蔔蛋糕和蘿蔔茶喔！」

「我好像沒辦法將蘿蔔蛋糕吃下肚……」佳妮尷尬的笑著說。

肚子早已餓扁的妮妮先吃了一口蘿蔔炒飯，佳妮也喝了一口蘿蔔汁。

食物剛放入嘴裡，佳妮和妮妮就驚訝得睜大眼睛。

超好吃！

白兔煮的菜好吃到讓人快把舌頭都一起吃進去了，佳妮和妮妮忍不住狼吞虎嚥起來。

白兔看著兩人享用美食的幸福模樣，開玩笑的說。

「我把蘿蔔蛋糕送給鄰居囉！」

　　佳妮和妮妮立即阻止白兔，接著津津有味的吃光了所有飯菜和甜點。

　　吃飽的佳妮、妮妮和白兔坐到壁爐前，一邊偷看懷錶，一邊玩詞語接龍。還沒等到時間先生出現，佳妮和妮妮便打起瞌睡來，白兔則幫她們蓋上毛毯。

　　「既然愛麗絲有辦法把黃金書籤交給時間先生，應該也有辦法把時間先生從懷錶裡請出來吧！」白兔看著懷錶思考著。

第5章
毛毛蟲的蘑菇

在白兔家睡了一晚的佳妮和妮妮，隔天一大早就和白兔一起出門，因為他們要去找愛麗絲，請她讓時間先生從懷錶裡出來。

你們看，
愛麗絲留了一封信！

一一到達％愛ゕ麗ㄌ絲ㄙ躲ㄉ藏ㄘ的ㄉ森ㄙ林ㄌㄣ， 白ㄅ兔ㄊ就ㄐ爬ㄆ上ㄕ某ㄇ棵ㄎ樹ㄕ木ㄇ， 把ㄅ手ㄕ伸ㄕ進ㄐ樹ㄕ枝ㄓ上ㄕ的ㄉ小ㄒ木ㄇ屋ㄨ裡ㄌ。

「愛ゕ麗ㄌ絲ㄙ偶ㄡ爾ㄦ會ㄏ像ㄒ這ㄓ樣ㄧ， 把ㄅ要ㄧ給ㄍ我ㄨ的ㄉ信ㄒ放ㄈ在ㄗ這ㄓ裡ㄌ。 」

白ㄅ兔ㄊ從ㄘ樹ㄕ上ㄕ爬ㄆ下ㄒ來ㄌ， 跟ㄍ佳ㄐ妮ㄋ和ㄏ妮ㄋ妮ㄋ一一起ㄑ讀ㄉ那ㄋ封ㄈ信ㄒ。

To.白兔

因為奇怪屋忽然變小，

我被困在裡面，無法按照原定

計劃回來。請進入奇怪屋幫我，

小心不要踩到屋子，因為我可能

會變得和披薩一樣又扁又平！

From.愛麗絲

白兔捧著肚子哈哈大笑。

「愛麗絲說她會變得和披薩一樣又扁又平耶！」

妮妮看著自己的腳，難以想像奇怪屋到底有多小。

「我們有可能把奇怪屋和愛麗絲都
踩扁嗎？」

「得小心一點才行！」

「那我們要怎麼進去奇怪屋呢？」
「可以把你們變小，或是把房
子變大，但也不是……」

「對了，我記得故事裡有毛毛蟲，
吃了他給的蘑菇就可以讓身體變
大、變小。」
「你們想跟毛毛蟲要蘑菇嗎？那
真是太好了，雖然不是……」

快告訴我們怎麼去！

「我知道了……」

白兔讓佳妮和妮妮搭上長得像蘿蔔的雪橇，載她們前往毛毛蟲住的森林。

　　毛毛蟲的身材比妮妮的拳頭還小，他坐在巨大的葉片上，嘴巴一張一合抽著水煙。

「你們有什麼事嗎？」

　　「你是不是有能讓身體變大、變小的蘑菇？我們需要它。」

「還沒自我介紹就開口要蘑菇，真是沒禮貌！」

「你在森林裡抽水煙也很沒禮貌，而且還很危險！」

「這是我的自由！」

　　「抱歉，我們是從現實世界來到奇幻國的旅行者，我叫佳妮，她是……」

「我是妮妮。」

　　「你們從哪裡來不關我的事，別來煩我！」

67

走開！

　　佳ㄐㄧㄚ妮ㄋㄧˊ和ㄏㄜˊ妮ㄋㄧˊ妮ㄋㄧˊ蹲ㄉㄨㄣ下ㄒㄧㄚ來ㄌㄞˊ，想ㄒㄧㄤˇ說ㄕㄨㄛ服ㄈㄨˊ毛ㄇㄠˊ毛ㄇㄠˊ蟲ㄔㄨㄥˊ給ㄍㄟˇ她ㄊㄚ們ㄇㄣ˙蘑ㄇㄛˊ菇ㄍㄨ。

　　「你ㄋㄧˇ們ㄇㄣ˙聽ㄊㄧㄥ不ㄅㄨˋ懂ㄉㄨㄥˇ我ㄨㄛˇ說ㄕㄨㄛ的ㄉㄜ˙話ㄏㄨㄚˋ嗎ㄇㄚ˙？」

　　毛ㄇㄠˊ毛ㄇㄠˊ蟲ㄔㄨㄥˊ氣ㄑㄧˋ得ㄉㄜ˙從ㄘㄨㄥˊ葉ㄧㄝˋ片ㄆㄧㄢˋ上ㄕㄤˋ滾ㄍㄨㄣˇ下ㄒㄧㄚ來ㄌㄞˊ，咕ㄍㄨ嚕ㄌㄨ咕ㄍㄨ嚕ㄌㄨ滾ㄍㄨㄣˇ走ㄗㄡˇ了ㄌㄜ˙，妮ㄋㄧˊ妮ㄋㄧˊ見ㄐㄧㄢˋ狀ㄓㄨㄤˋ立ㄌㄧˋ刻ㄎㄜˋ跟ㄍㄣ上ㄕㄤˋ他ㄊㄚ。

　　「不ㄅㄨˋ要ㄧㄠˋ過ㄍㄨㄛˋ來ㄌㄞˊ！」

　　毛ㄇㄠˊ毛ㄇㄠˊ蟲ㄔㄨㄥˊ怒ㄋㄨˋ氣ㄑㄧˋ沖ㄔㄨㄥ沖ㄔㄨㄥ的ㄉㄜ˙發ㄈㄚ射ㄕㄜˋ身ㄕㄣ上ㄕㄤˋ的ㄉㄜ˙刺ㄘˋ，有ㄧㄡˇ一ㄧ根ㄍㄣ剛ㄍㄤ好ㄏㄠˇ扎ㄓㄚ進ㄐㄧㄣˋ妮ㄋㄧˊ妮ㄋㄧˊ的ㄉㄜ˙膝ㄒㄧ蓋ㄍㄞˋ。

「呀啊！」

雖然毛毛蟲的刺很小，但是妮妮就像被別針刺到一樣又痛又麻。

佳妮趕緊跑到妮妮身邊。「妮妮，你沒事吧？」

「我沒事。姐姐，你趕快追上去！」

毛毛蟲又射出許多根刺，儘管有幾根扎進佳妮的小腿，不過她依舊不放棄。

不要吵我！

雖然被刺扎到的痛可以忍耐，但是毛毛蟲的態度卻始終沒有改變，這樣下去也不是辦法。

　　「妮妮，使用魔法之書吧！」佳妮著急的說。

　　妮妮趕緊翻開魔法之書，並把手伸進去。

　　「要拿什麼東西出來呢？」

　　突然間，妮妮想到一個好點子。

　　「用鏡子把刺反射回去吧！」

妮妮從魔法之書裡拿出一面鏡子，不過在這段期間，毛毛蟲已經走遠了。

　　「可愛的毛毛蟲，拜託你不要走！」

　　妮妮的話讓毛毛蟲停下腳步。

　　「你說我可愛？」

　　「對啊！如果不射刺就更可愛了。」

　　「第一次有人稱讚我可愛……」

　　毛毛蟲有點害羞的說著，妮妮立刻再次給予肯定。

　　「真的嗎？你明明超可愛的！」

　　佳妮跟著妮妮一起走到毛毛蟲身旁，才發現毛毛蟲的身體會閃閃發光。

　　「對啊！你真的很可愛。」

　　一直拒人於千里之外的毛毛蟲，這時候似乎放鬆了不少，他伸展身體後就拿出水煙開始抽。水煙刺鼻的煙霧讓妮妮用手捏住鼻子，她手裡的鏡子也因此掉下來，佳妮趕緊撿起來並拿給毛毛蟲看。

這是我第一次照鏡子！
仔細一看，我的確
很可愛呢！

「你看
看自己的
樣子，是
不是很可
愛呢？」

妮妮輕
輕摸了毛毛
蟲的頭，毛毛蟲
羞紅了臉，可是沒一會
兒，毛毛蟲又生氣的鼓起
臉頰。

「那為什麼大家都避開我？他們
一定是覺得我很醜！」

佳妮用手捏住鼻子。「因為你一
直抽水煙，大家才不想靠近你吧！」

妮妮也用一隻手捏住鼻子並點點
頭。看到佳妮和妮妮的反應，毛毛蟲
馬上把水煙熄掉。

72

「原來是因為這個東西，謝謝你們告訴我。」

「不客氣。如果有人因為外貌而嘲笑或欺負你，是那個人必須改進，絕對不是你的錯。」

佳妮誠摯的告訴毛毛蟲，希望他不要因為外貌而自卑。

「謝謝你們，我會學著欣賞自己。」

毛毛蟲開心的把身體伸展開來，然後捲起來，不斷在鏡子前注視著自己的模樣。

「毛毛蟲，我們有件事要拜託你。」

佳妮和妮妮簡單敘述了她們來到奇幻國之後發生的事，以及自己需要能調整身體大小的蘑菇。

毛毛蟲點點頭，給佳妮和妮妮各一朵黃色和白色的蘑菇。

「這些蘑菇即使被吃過，只要不一口氣吃掉，就能恢復成被吃之前的大小。」

佳妮和妮妮把黃色和白色的蘑菇分別放到自己左右兩邊的口袋裡。

　　「吃白色蘑菇會讓身體變大，黃色蘑菇則會讓身體變小，很簡單吧？要記住唷！」

　　「好的，我們絕對不會忘記。」

　　佳妮和妮妮坐上蘿蔔雪橇，前往奇怪屋所在的森林。

　　「白大黃小、白大黃小……姐姐，我怕會忘記，先不要和我講話喔！」

　　和毛毛蟲道別後，妮妮就一直這樣喃喃自語。

　　佳妮拿出手機。「你可以寫在手機的記事本上呀！」

　　「對耶！手機真是個偉大的發明啊！」

第6章

奇幻國的奇怪屋

　　佳妮和妮妮到達奇怪屋所在的森林後，便一起走下雪橇，白兔就從樹木後面走了出來。

　　「你們拿到蘑菇了嗎？」

　　佳妮從口袋拿出蘑菇給白兔看，妮妮則好奇的看著四周。

　　「奇怪屋在哪裡？」

　　「噓！」

　　白兔的舉動讓佳妮很疑惑。「怎麼了？」

　　「奇怪屋把自己藏在這裡，因為它知道公爵想搶走它。」

　　白兔指著地上一個小小的物體，佳妮和妮妮蹲下來觀察，才發現上面有個非常小的煙囪。

　　「這就是奇怪屋啊！」

「為什麼公爵想搶走奇怪屋？」

白兔還沒回答佳妮的問題，他們身後就傳來令人毛骨悚然的聲音。

「我要做什麼，關你們什麼事！」

哇啊啊！

公爵和撲克牌士兵從遠方快步走來，迅速包圍三人，佳妮和妮妮嚇得跌坐在地上。

「快把奇怪屋交出來！」公爵怒氣沖天的說著。

「這裡交給我，你們趕快進入奇怪屋！」

白兔擋在步步近逼的公爵和撲克牌士兵面前，接著以迅雷不及掩耳的速度東奔西跑，讓士兵想抓都抓不到。

「知道了，你要小心！」

佳妮和妮妮趁機吃了一口黃色蘑菇，她們的身體開始變小。

「姐姐的身體正在變小耶！」

「你也是！」

白兔對身體變小的佳妮和妮妮說：「你們把懷錶也帶進去吧！」

「快拿給我，錶是我的！」

公爵試圖從白兔的手裡搶走懷錶，就在她即將得逞的時候——

叮鈴鈴！

懷錶裡跑出了一隻貓，他把懷錶掛在自己的脖子上，笑嘻嘻的看著佳妮和妮妮等人。

「是時間先生！」白兔驚訝的看著那隻貓。

佳妮也非常訝異。「原來時間先生就是故事中的柴郡貓！」

「看來這場騷動讓時間先生覺得很有趣，所以他才會現身。」妮妮無奈的苦笑著。

「等等！」

公爵撲向時間先生，時間先生立刻把身體變小，接著一溜煙進入奇怪屋中。

「時間先生就拜託你們了！」

白兔一邊躲避撲克牌士兵的追捕，一邊朝著佳妮和妮妮大喊。

「姐姐，我們趕快進去吧！」

佳妮和妮妮走進奇怪屋，為了不讓公爵把手伸進來，兩人還把門鎖上。

公爵打開窗戶，對著佳妮和妮妮不停喊叫：「臭小鬼，快出來！」

另一邊的窗戶也被打開，這次出現的是白兔。

「愛麗絲也拜託你們了！」

「我會追你們追到天涯海角！」

公爵氣呼呼的說著，但是佳妮和妮妮完全不怕她，因為現在公爵絕對進不了奇怪屋。

「有本事，你就進來啊！」

妮妮對公爵伸出舌頭做鬼臉。

公爵的臉從窗戶邊消失，佳妮和妮妮只聽到她憤怒的呼喊聲。

「比爾，你趕快進去抓那些臭小鬼！」

這時候，有一隻戴著墨鏡、穿著西裝的蜥蜴從窗戶進入奇怪屋，他揮舞著武器，走向佳妮和妮妮。

「你們完蛋了！」

佳妮嚇了一跳，馬上拔腿逃跑。

「妮妮，快跑！」

我是刺客蜥蜴比爾。

妮妮卻坐在地板上，一動也不動，著急的佳妮喊得更大聲了。

「妮妮，你在做什麼？快跑啊！」

「你不怕我嗎？」

比爾把武器指向妮妮。

「我們一直在逃跑，我真的好累喔！」

妮妮伸了個懶腰，有氣無力的說著。

「而且我的肚子好餓！」

妮妮把手伸進右邊的口袋，拿出毛毛蟲給的白色蘑菇。

「妮妮，你別鬧脾氣了！」

雖然姐姐非常生氣，但是妮妮仍然不理會，坐在地上不斷自言自語。

「你這個小女孩，到底在喃喃自語什麼？」

比爾朝妮妮靠近一步，佳妮趕緊回頭，用最快的速度張開雙臂擋在妮妮前面。妮妮則無視眼前的危險，大口、大口吃起白色蘑菇來。

小黃大白！小黃大白！小黃大白！

86

「吃了白色蘑菇身體會變大，吃了黃色蘑菇身體會變小！」

　　剛把蘑菇吞下肚，妮妮的身體就開始變大。比爾的臉逐漸被妮妮的影子覆蓋，佳妮驚訝的看向妮妮。

　　「你現在不能叫我小女孩了吧！」

　　吃了白色蘑菇而使身體變大的妮妮，居高臨下注視著比爾，讓比爾嚇到眼球都要掉出來了。

比ㄅㄧˇ爾ㄦˊ丟ㄉㄧㄡ下ㄒㄧㄚˋ武ㄨˇ器ㄑㄧˋ，連ㄌㄧㄢˊ滾ㄍㄨㄣˇ帶ㄉㄞˋ爬ㄆㄚˊ逃ㄊㄠˊ離ㄌㄧˊ奇ㄑㄧˊ怪ㄍㄨㄞˋ屋ㄨ。佳ㄐㄧㄚ妮ㄋㄧˊ則ㄗㄜˊ是ㄕˋ嚇ㄒㄧㄚˋ得ㄉㄜ連ㄌㄧㄢˊ話ㄏㄨㄚˋ都ㄉㄡ說ㄕㄨㄛ不ㄅㄨˋ好ㄏㄠˇ。

「妮ㄋㄧˊ妮ㄋㄧˊ，你ㄋㄧˇ這ㄓㄜˋ是ㄕˋ……」

「哈ㄏㄚ哈ㄏㄚ哈ㄏㄚ！姐ㄐㄧㄝˇ姐ㄐㄧㄝˇ，你ㄋㄧˇ看ㄎㄢˋ，蜥ㄒㄧ蜴ㄧˋ被ㄅㄟˋ我ㄨㄛˇ嚇ㄒㄧㄚˋ跑ㄆㄠˇ了ㄌㄜ！」

怕ㄆㄚˋ身ㄕㄣ體ㄊㄧˇ變ㄅㄧㄢˋ大ㄉㄚˋ的ㄉㄜ妮ㄋㄧˊ妮ㄋㄧˊ聽ㄊㄧㄥ不ㄅㄨˋ到ㄉㄠˋ，佳ㄐㄧㄚ妮ㄋㄧˊ特ㄊㄜˋ地ㄉㄧˋ仰ㄧㄤˇ頭ㄊㄡˊ大ㄉㄚˋ喊ㄏㄢˇ：「妮ㄋㄧˊ妮ㄋㄧˊ，趕ㄍㄢˇ快ㄎㄨㄞˋ吃ㄔ黃ㄏㄨㄤˊ色ㄙㄜˋ蘑ㄇㄛˊ菇ㄍㄨ，變ㄅㄧㄢˋ回ㄏㄨㄟˊ原ㄩㄢˊ來ㄌㄞˊ的ㄉㄜ模ㄇㄛˊ樣ㄧㄤˋ吧ㄅㄚ！」

「可ㄎㄜˇ是ㄕˋ身ㄕㄣ體ㄊㄧˇ變ㄅㄧㄢˋ大ㄉㄚˋ的ㄉㄜ感ㄍㄢˇ覺ㄐㄩㄝˊ很ㄏㄣˇ好ㄏㄠˇ，我ㄨㄛˇ想ㄒㄧㄤˇ維ㄨㄟˊ持ㄔˊ下ㄒㄧㄚˋ去ㄑㄩˋ……不ㄅㄨˋ，我ㄨㄛˇ要ㄧㄠˋ再ㄗㄞˋ變ㄅㄧㄢˋ大ㄉㄚˋ一ㄧ點ㄉㄧㄢˇ！」

妮ㄋㄧˊ妮ㄋㄧˊ又ㄧㄡˋ吃ㄔ了ㄌㄜ一ㄧ口ㄎㄡˇ白ㄅㄞˊ色ㄙㄜˋ蘑ㄇㄛˊ菇ㄍㄨ。接ㄐㄧㄝ著ㄓㄜ她ㄊㄚ為ㄨㄟˋ了ㄌㄜ尋ㄒㄩㄣˊ找ㄓㄠˇ時ㄕˊ間ㄐㄧㄢ先ㄒㄧㄢ生ㄕㄥ，在ㄗㄞˋ走ㄗㄡˇ廊ㄌㄤˊ上ㄕㄤˋ咚ㄉㄨㄥ咚ㄉㄨㄥ咚ㄉㄨㄥ的ㄉㄜ跑ㄆㄠˇ來ㄌㄞˊ跑ㄆㄠˇ去ㄑㄩˋ。

救命啊！

「時ㄕˊ間ㄐㄧㄢ先ㄒㄧㄢ生ㄕㄥ，你ㄋㄧˇ在ㄗㄞˋ哪ㄋㄚˇ裡ㄌㄧˇ？」

妮ㄋㄧˊ妮ㄋㄧˊ打ㄉㄚˇ開ㄎㄞ一ㄧ扇ㄕㄢˋ門ㄇㄣˊ準ㄓㄨㄣˇ備ㄅㄟˋ走ㄗㄡˇ進ㄐㄧㄣˋ去ㄑㄩˋ的ㄉㄜ時ㄕˊ候ㄏㄡˋ，因ㄧㄣ為ㄨㄟˋ不ㄅㄨˋ習ㄒㄧˊ慣ㄍㄨㄢˋ這ㄓㄜˋ麼ㄇㄜ大ㄉㄚˋ的ㄉㄜ身ㄕㄣ體ㄊㄧˇ，腳ㄐㄧㄠˇ絆ㄅㄢˋ到ㄉㄠˋ門ㄇㄣˊ檻ㄎㄢˇ而ㄦˊ跌ㄉㄧㄝˊ倒ㄉㄠˇ了ㄌㄜ。

「妮妮，你沒事吧？」

雖然佳妮想拉住妮妮，但還是來不及。妮妮滾了幾圈才停下來，並從鏡子上看到自己現在的模樣。

咚咚咚咚咚！

哇啊啊！

「我變成女巨人了！」

妮妮大驚失色，哭了起來。

「妮妮，快吃黃色蘑菇！」

妮妮把手伸進口袋，可是她的手太大，拿不到裡面小小的蘑菇。

噗啊！

妮妮的眼淚對佳妮來說，就像瀑布般宣洩而下，並且在奇怪屋裡不斷累積，她一不小心就喝了幾口。

因為妮妮無法拿到黃色蘑菇，焦急的佳妮從口袋裡拿出白色蘑菇並吃了起來。

「等一下，我拿我的黃色蘑菇給你。」

妮妮邊哭邊說：「姐姐，你的身體如果變得和我一樣大就沒用啦！」

「對耶！糟了！」

佳妮為了拿出黃色蘑菇而試圖把手伸進口袋，但是她的手變得又大又長，根本伸不進口袋。

90

「姐姐，你把手伸進我的口袋裡試試看。」

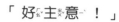
「好主意！」

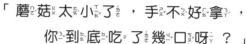
「再往下一點，蘑菇應該在那裡。」

「蘑菇太小了，手不好拿，你到底吃了幾口呀？」

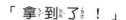
「不記得了！你專心點，再試一下！」

「拿到了！」

「太好了，快放進我的嘴裡吧！」

「糟糕，蘑菇掉下去，被淚水沖走了！」

「什麼？我們完蛋了！」

　　不只妮妮，現在連佳妮都哭了起來，而且才一眨眼的功夫，奇怪屋裡就出現了一個由眼淚形成的「眼淚之湖」。

「姐姐，別哭了！」

「你才別哭了！」

「明明是姐姐你哭得比較多！」

突然間，剛剛掉下去的一小塊黃色蘑菇漂過佳妮的眼前，它漸漸變大，沒多久就恢復成原本的大小。這讓佳妮想起毛毛蟲說的話，原來蘑菇只要不全部吃掉，過一段時間，真的會變大耶！

　　佳妮一把抓住黃色蘑菇並分成兩半，放進妮妮和自己的嘴巴裡，兩人細嚼慢嚥吃起蘑菇來。

「萬歲！身體縮小了！」

「妮妮，小心不要被淚水沖走！」

「姐姐，你真的太愛操心……哇啊！」

　　　　　　　　　　「妮妮！」

「好險，如果姐姐你沒抓住我，我就要被淚水沖走了！」

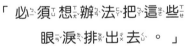
　　　　　　「必須想辦法把這些眼淚排出去。」

　　佳妮和妮妮游到窗戶旁邊，發現窗戶已經被眼淚淹沒了。

「1……2……3！」

佳妮和妮妮深吸了一口氣就潛進水裡，分別從兩邊使力，試著把窗戶由下往上推開，但是窗戶在水壓的影響下一動也不動。

妮妮快要憋不住氣了，她的手也漸漸失去力氣。

妮妮，再努力一下！

就在這時候，妮妮包包裡的魔法之書忽然飄到空中，自己翻動幾頁後，托米就和光芒一起出現。

　　外形和玩具史萊姆很像的托米變得又扁又平，他塞進細如髮絲的窗戶縫隙，藉由脹大身體，一口氣把窗戶撐開。

　　「得救了！」

　　托米不能離開魔法圖書館太久，因此馬上就消失了。但接下來竟還有更可怕的事在等著佳妮和妮妮。

大功告成，
我先走囉！

第8章

誰是第一名？

　　奇怪屋裡的眼淚迅速從窗戶往外溢出，就像浴缸的排水口在排水時會形成漩渦，奇怪屋裡也出現了一個漩渦，把佳妮和妮妮捲進去。

哇啊啊啊啊啊！

救命啊！

佳妮和妮妮像是被放進洗衣機裡洗的衣服，快速旋轉的急流讓兩人暈頭轉向。

好不容易等眼淚全部都流出屋外，漩渦也消失了，頭昏眼花的佳妮和妮妮攙扶著彼此，艱難得站起來。這時，她們才發現奇怪屋裡所有房門都開著，牆壁和地板也都溼答答的，就像發生過水災。

哈啾！哈啾！

噴嚏聲讓佳妮和妮妮回過頭看，發現眼前出現一群動物。

「全身都溼答答的，很容易感冒！」一隻鸚鵡正用手帕擦著鼻子。

另一隻鳥接著附和鸚鵡的話。「其他事我都可以忍受，唯獨泡在水裡不行！」

佳妮和妮妮驚訝的看著眼前這隻活生生的渡渡鳥，因為在現實世界裡，渡渡鳥早在 400 多年前就已經滅絕，只能在古生物百科上看到。

其他還有猴子、老鼠、貓頭鷹、老鷹、螃蟹、鴨子等動物，大家都是一副落湯雞的慘樣。

　　佳妮開口向動物們打招呼。

　　「大家好，我們是來奇幻國旅行的佳妮和妮妮，我們來這裡找愛麗絲和時間先生，請問有人看到他們嗎？」

「我們不是人，是動物。」

老鼠的回答逗笑了其他動物，貓頭鷹則敲了一下他的頭。

「你說這個要做什麼？」

「你還真是喜歡抓人語病找碴耶！」螃蟹也出聲了。

「『碴』是什麼？我活到現在還沒看過它，更不需要找它。」

老鼠的話又讓動物們捧腹大笑好一陣子，然後渡渡鳥才走近佳妮和妮妮。

「時間先生不會輕易出現在大家面前，而且他現在應該也全身溼透，更不會出來了。」

佳妮雙手抱胸思考著。「上次時間先生現身是為了看我們和公爵的熱鬧，這會兒該怎麼辦呢？」

妮妮笑著說：「先玩遊戲吧！如果我們玩得很開心，也許時間先生就會出現了。」

「你只說對了一半，還要等屋子裡的溼氣散去，時間先生才會出現。」老鼠一旁提醒妮妮。

99

動物們你一言、我一語附和著老鼠的話。

　　「想消除水氣，最適合玩無謂的競賽了。」

　　「無謂的競賽超級有趣。」

　　「玩過無謂的競賽後，身體就會變乾爽。」

　　佳妮和妮妮擔憂的互看對方一眼，她們只在書上看過無謂的競賽，卻沒有真的玩過。讀懂兩人表情的老鷹，拍了拍還有點溼的翅膀。

　　「別擔心，無謂的競賽很簡單，每個人都可以立刻學會。」

　　老鼠拿起一根樹枝，在動物周圍畫一個大圈。「這就是賽道。」

　　「第一名會有獎品喔！」

　　「當然囉！應該要給第一名很厲害的獎品！」

　　動物們熱烈的討論，只有佳妮和妮妮感到不知所措。

　　「各就各位，3 …… 2 …… 1 ……」渡渡鳥伸展翅膀說著。

「等等，請問起點在哪裡？」

佳妮急忙問道，卻也沒人回答她。

渡渡鳥也無視佳妮，大聲的繼續說下去。

出發！

噔噔噔噔噔……

「大家都是第一名！」

老鼠頒布名次後，動物們都鼓掌歡呼。

老鷹興奮的拍拍翅膀。「快把獎品給第一名吧！」

「誰來給獎品呢？」

「當然是那些旅行者啊！」

渡渡鳥指著佳妮和妮妮。

妮妮一頭霧水。「姐姐，只有我搞不清楚狀況嗎？」

佳妮無奈的搖搖頭。「別擔心，不只你，我的腦袋也一片混亂。」

動物們異口同聲對佳妮和妮妮說道：「給獎品！給獎品！」

妮妮慌張的翻找包包。

「這個可以嗎？」

妮妮拿出一袋果凍，佳妮對妮妮豎起大拇指，接著兩人分給動物們一人一顆果凍。

「姐姐，你看他們！」

妮妮指著拿到果凍後，高興的在原地不斷轉圈的猴子，其他動物也非常開心。

「我本來以為這是一場毫無意義的比賽，沒想到還滿不錯的。」

妮妮微笑著，佳妮也點點頭。

這是第一名的獎品。

每個人都有。

「佳妮和妮妮也是第一名，那誰要給她們獎品？」

猴子的疑問讓動物們議論紛紛。

「由渡渡鳥給她們獎品如何？因為他是裁判呀！」

大家都同意老鼠的提議。渡渡鳥在身上找來找去，拿出兩個渡渡鳥造型的筆蓋。

「好可愛！」

妮妮接過筆蓋，很珍惜的收進包包裡。

「雖然玩了無謂的競賽，身上還是溼答答的。」

看著困擾的佳妮，老鼠像是有好主意似的站出來。

「嗯，我有一個好點子……」

無時無刻都要貫徹無謂的競賽的精神，每個人都要在自己的位置上全力奔跑喔！

第9章 乾燥故事大賽

妮妮忽然想到什麼打斷了老鼠的話。

「姐姐，我們有魔法之書啊！」妮妮拿出魔法之書並搖了搖。

「電風扇！」

幾個奇怪的文字從魔法之書掉出來，慢慢變成電風扇的樣子。

佳妮按下最大的風速，電風扇立刻快速轉動並吹出清涼的風，動物們為了吹乾溼答答的身體，紛紛聚集到電風扇前面。

自尊心受傷的老鼠卻站在遠處旁觀。

「這不算什麼，我還有更好的方法……」

「對了，冷氣機的效果應該更好吧？」

妮妮又搖了搖魔法之書，掉出的奇怪文字變成了冷氣機。佳妮打開冷氣機後，動物們又紛紛聚集到冷氣機前面。

「好涼喔！」

「溼掉的毛好像都乾了！」

動物們在電風扇和冷氣機的前面開心的轉圈，但是老鼠依舊沒有靠近。

「全身溼答答的時候，吹到冷風很容易感冒。聽我說，我真的有很棒的……」

「如果想變乾燥，也許那個東西會更有效。」

「妮妮，我們想到的是同一個東西吧！」

「鏘鏘！烘乾機！」

「這是什麼？箱子嗎？」

「這是可以烘乾水分的裝置。」

「那我要先用！」

「我也要！」

「妮妮，你為什麼一直打斷我的話？」

「老鼠，你還不是每天都抓人語病來找碴。」

「沒錯，這不是一個好習慣。」

「對不起，我知道錯了，以後不會再這樣做了。」

哈啾！

「再這樣下去，大家都要感冒了。趕快用烘乾機……糟了，不能進去烘乾機裡面！」

110

「也對，我們又不是衣服，當然不能用烘乾機烘乾。」

「所以我才說我有一個很棒的方法啊！」

「什麼方法？」

「那就是說非常、非常乾燥的故事。」

「乾燥的故事？」

「這樣身體就能變得乾爽了。」

「說故事就能讓身體變乾嗎？」

「當然，這裡是奇怪屋啊！」

「只要用這個魔法麥克風說故事就可以了。」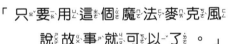

老鼠從懷裡拿出魔法麥克風，其他動物爭先恐後想先說故事，最後麥克風到了猴子的手裡。

「你們知道住在沙漠的蜥蜴要去朋友家玩的時候，該怎麼去嗎？」

「我不知道。」

「腳踩在沙子上會很燙，所以要像這樣兩隻腳交替踩的跳著走！」

猴子模仿蜥蝪的模樣，讓佳妮、妮妮和其他動物都捧腹大笑。

　　「這不是乾燥，是很燙的故事吧！」

　　「不是要說故事嗎？用動作來搞笑是犯規的！」

　　看不下去的老鼠拿走了魔法麥克風。

　　「我來說個真的很乾燥的故事給你們聽。」

　　老鼠像唱饒舌似的開始講故事。

「黃線狹鱈這種魚又叫做明太魚，剛抓起來的叫做生太，吹冷風乾燥的叫做風太，冷凍得硬邦邦的叫做凍太，快速乾燥而變得硬邦邦的叫做硬太，晒乾後稍微撒一點鹽的叫做鹽太，剖開晒乾的叫做明太魚乾，完全晒乾的叫做乾太或乾明太魚……」

　　等到老鼠的故事說完，動物們的身體也快乾了，渡渡鳥從老鼠那裡接過麥克風並交給妮妮。

生太、風太、凍太、酒太、
鹽太、乾太、明太魚乾、
乾明太魚，全部都是明太魚！

「你們是從其他地方來的，一定知道很多故事吧！」

「可是我不知道和乾燥有關的故事。」

「我來說吧！去年冬天，我去圖書館的時候，忘了擦護脣膏。」

「天啊！我已經覺得很乾燥了！」

「嘴脣真的很容易變乾燥呢！」

「就算是口水也應該塗一下！」

「傻瓜，塗口水會更乾燥啦！」

「之前的護脣膏剛好快用完了，我為了買一條新的去藥妝店，但是唯獨那天，護脣膏竟然全都賣完了！」

「唉唷喂呀！好乾燥！」

「偏偏我在圖書館坐的位置剛好在暖氣機的出風口下面，暖風一直吹向我的臉！」

「太乾燥了！」

「夠了，再這樣下去，大家會變得和魷魚乾一樣乾！」

嘻嘻！

　　這時候，妮妮輕輕拉了一下佳妮的手臂。

　　「姐姐，那位是不是時間先生？」

　　時間先生對著佳妮和妮妮微笑，他的脖子上掛著白兔的懷錶。

　　「時間先生出現了！」

　　剛好，愛麗絲也從對面走了過來。

　　「佳妮、妮妮，你們怎麼進來的？」

　　「愛麗絲！」

佳妮和妮妮高興的跑向愛麗絲。

「我們從毛毛蟲那裡拿到可以讓身體變大、變小的蘑菇，就成功進來奇怪屋了。」

「你們真是太厲害了！」

時間先生像在空中游泳一樣緩緩靠近三人。

「時間先生，你可以把黃金書籤給我們嗎？」

佳妮誠摯的看著柴郡貓。

「我們會負責把它帶回波普斯魔法圖書館。」

妮妮從包包裡拿出魔法之書給時間先生看。

時間先生在空中轉了一圈後縮起身體，在肚子上的毛裡翻找著，然後拿出某個東西。

「是黃金書籤！」

黃金書籤慢慢飄到空中，閃爍著耀眼的金黃色光芒。

「時間先生，謝謝你。」

　　妮妮翻開魔法之書，準備把黃金書籤收進去的時候，可怕的聲音忽然從他們的後方傳來。

第10章 動物槌球

　　看到公爵而嚇了一大跳的時間先生，立刻帶著黃金書籤再次鑽進懷錶裡，妮妮則迅速接住從空中掉下來的懷錶。

　　「公爵，你是怎麼進來奇怪屋的？」

　　公爵從懷裡拿出扇子攤開，不懷好意的笑著回答愛麗絲的問題。

　　「我也有可以讓身體變小的魔法道具。」

　　這時候，動物們紛紛抓住公爵，對佳妮、妮妮和愛麗絲大喊：「這裡交給我們，你們快逃！」

　　「謝謝你們！」

　　佳妮、妮妮和愛麗絲趁機打開門並逃離奇怪屋，雖然公爵想追上去，卻被動物們緊緊抓住而動彈不得。

一一逃離奇怪屋，佳妮、妮妮和愛麗絲趕緊吃白色蘑菇，讓身體變回原來的大小。

「愛麗絲，現在該怎麼辦？」

「我們向紅心王稟告公爵的惡行吧！」

「公爵應該很快就會追上來，我們快走！」

「撲克牌士兵恐怕也在找我們，大家小心，不要被發現了！」

「紅心王在哪裡……啊！」

「妮妮，你怎麼了？」

「栗子……不對，是刺蝟！」

「刺蝟怎麼會在天上飛？」

「我也不願意啊！」

「看來是紅心王在打槌球，她有用動物進行運動比賽的怪癖。」

「你們有什麼事嗎？」

四名撲克牌士兵擋住愛麗絲、佳妮和妮妮的去路。

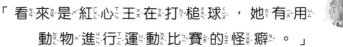

「紅心王正在打槌球，不准閒雜人等打擾。」

「讓開！我有事要向陛下報告！」

「公爵來了！」

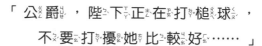「公爵，陛下正在打槌球，不要打擾她比較好……」

「少囉嗦！趕快通報！」

「是，請往這裡走。」

「陛下，請您聽我說。」

「公爵，你又怎麼了？你從早到晚在監獄裡哭哭啼啼，我才心軟放了你。現在你又來妨礙我寶貴的休息時間，你想再次被關進牢裡嗎？」

「我真的不是故意的，實在是因為……」

「好了，你快說到底是什麼事？如果你不趕快說，我就判你死刑！」

就在此時，愛麗絲搶先一步站到紅心王面前。

　　「陛下，公爵的靈魂可能被黑魔法師奪走了，所以她想搶走黃金書籤並獻給黑魔法師！」

　　「什麼？馬上執行死刑！執行兩次死刑！不，要執行死刑到我氣消為止！」紅心王怒氣沖沖的跺著腳。

公爵雙腿一軟直接跪在地上，眼淚撲簌簌的不停滑落。

「我沒有！我的靈魂絕對沒有被黑魔法師奪走！」

愛麗絲疑惑的問公爵：「那你為什麼要搶走黃金書籤？」

公爵不假思索回答：「我對黃金書籤一點興趣也沒有，我想要的是時間先生！」

公爵的答案讓愛麗絲更無法理解了。

「時間先生來無影、去無蹤，平常就在我們每個人的身邊，為什麼你想要獨占他？」

這時候，時間先生悄悄從妮妮手中的懷錶裡探出頭來，然後浮到空中，笑嘻嘻的看著眼前發生的一切，但是沒有人注意到他，因為大家的注意力都放在公爵身上。

佳妮追問公爵：「請你告訴大家，為什麼要這樣做？」

眼看公爵沒有打算回答，紅心王嘆了口氣，站出來主持公道。

「公爵，時間先生是屬於大家的，你不應該試圖霸占他。」

「我只是想回到年輕的時候。」

「我倒是想趕快變成大人。你為什麼想變年輕呢？」

「因為年輕的時候，我每天都無憂無慮啊！」

「這不是年不年輕的問題，大人有大人的煩惱，小孩也有小孩的煩惱呀！」

「臭小鬼，你是在嘲笑我吧！」

「妮妮說得對，和年不年輕無關，重點在於每個人的心態。」

「哼！你們這些小鬼，根本不能體會我的煩惱！」

「那你就能體會我們這些小鬼的煩惱嗎？」

「公爵，即使只有一次也好，你有試著欣賞過現在的自己嗎？」

「輪不到你們來對我說教！」

「我覺得這兩個孩子說得很好！」

「請問你是誰？」

124

「你怎麼跑到皇冠外面了？」

「我想說只要和我所愛的紅心王在一起，我就覺得非常快樂。」

「有你在，我也很快樂！好了，你趕快進去！」

「陛下竟然還有這一面⋯⋯」

我是紅心王的丈夫，今年已經352歲了。

為了保護奇幻國，愛麗絲還是堅持問個水落石出。

「公爵，你能發誓真的沒有和黑魔法師串通嗎？」

「我比誰都愛奇幻國，絕對不會做那種事！」

「我們可以帶走黃金書籤吧？」

「當然，我從一開始就不在意那東西，我只是想變年輕。不過仔細一想，現在這個樣子也挺不錯的。」

紅心王用紅鶴的頭咚咚咚敲了三下草地。

「公爵，雖然你做錯事，但是你懂得反省，這次我就赦免你的死刑。」

「謝謝陛下，那我先離開了。」

「對了，黃金書籤在哪裡？」

佳妮和妮妮這時候才注意到時間先生正坐在紅心王的肩膀上，黃金書籤則在紅心王的手中。

「黃金書籤是我們奇幻國的寶物，
我不能就這樣給你們。」

「為什麼？請您趕快給我們！」

「我們是為了拯救范特西爾！」

「如果你們打槌球能贏過我，
我就把它給你們。」

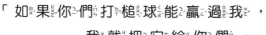「陛下，這樣對佳妮和妮妮太不利
了！」

「在奇幻國，我的話就是法律！」

　　撲克牌士兵把兩隻紅鶴交給佳妮
和妮妮，兩人只好站上球場。

「撲克牌士兵聽好，你們要確認刺蝟會飛到哪裡，如果不準確就會被判死刑！」

佳ㄐㄧㄚ妮ㄋㄧˊ和ㄏㄜˊ妮ㄋㄧˊ妮ㄋㄧˊ既ㄐㄧˋ緊ㄐㄧㄣˇ張ㄓㄤ又ㄧㄡˋ不ㄅㄨˋ
捨ㄕㄜˇ，不ㄅㄨˋ但ㄉㄢˋ要ㄧㄠˋ把ㄅㄚˇ紅ㄏㄨㄥˊ鶴ㄏㄜˋ當ㄉㄤ成ㄔㄥˊ槌ㄔㄨㄟˊ球ㄑㄧㄡˊ
棍ㄍㄨㄣˋ，還ㄏㄞˊ要ㄧㄠˋ把ㄅㄚˇ刺ㄘˋ蝟ㄨㄟˋ當ㄉㄤ成ㄔㄥˊ槌ㄔㄨㄟˊ球ㄑㄧㄡˊ打ㄉㄚˇ
到ㄉㄠˋ空ㄎㄨㄥ中ㄓㄨㄥ，真ㄓㄣ是ㄕˋ太ㄊㄞˋ殘ㄘㄢˊ忍ㄖㄣˇ了ㄌㄜ！

「動物們好可憐，我們可以改用其他東西打槌球嗎？」

雖然佳妮強烈的抗議，但是紅心王非常堅持。

「你們不打就是死刑！」

作為裁判的白兔一吹哨子，紅心王就用力的揮動紅鶴。

「我真的辦不到！」

佳妮緊抱著紅鶴，妮妮也眼眶含淚看著刺蝟。

就在這時候，刺蝟對不知所措的妮妮說：「別擔心，你只要裝個樣子，用紅鶴輕輕碰我一下就好，剩下的就交給我吧！」

妮妮半信半疑的用手上的紅鶴輕輕碰了一下刺蝟，沒想到刺蝟竟然瞬間飛向空中，而且飛得又高又遠，而紅心王的刺蝟卻還掛在紅鶴的喙上。

「我認輸，黃金書籤就交給你們了。」

妮妮趕緊翻開魔法之書，黃金書籤就隨著神祕的璀璨光芒滑進書裡。

「成功啦！」

第11章

真的不是夢嗎?

「對不起,我們下次會小心!」

回到現實世界的佳妮和妮妮,向咖啡廳的店長鞠躬道歉。

「沒關係。但是你們忽然不見蹤影,只留下小狗,讓我很擔憂呢!」

「真的很對不起!」

妮妮再次道歉後,就抱著小狗毛毛跑走了。

「謝謝你,那我們先走了。」

佳妮向店長打完招呼後，就趕緊跟上妮妮的腳步。

　　妮妮走到公園的遊樂器材區，抱著毛毛爬上階梯，從溜滑梯滑下來。

　　「毛毛，很好玩吧！」

　　妮妮笑著說。毛毛似乎覺得溜滑梯很有趣，不停的汪汪叫，還想自己爬上階梯。妮妮小跑步過去，抱起毛毛再一起玩溜滑梯。

　　「如果我和毛毛都玩得很開心，時間先生也會很開心吧！」

　　妮妮看著佳妮說。

「你是想讓時間先生開心才這樣做嗎？」

妮妮點點頭。「對。三月兔不是說只要讓時間先生開心，就能做所有想做的事嗎？」

佳妮像忽然想起什麼似的。「噓！萬一被別人聽到就糟了。」

「我們真的不是在作夢嗎？那裡真的太神奇了！」

妮妮抱著毛毛坐上鞦韆，懷念在奇幻國發生的一切。

佳妮看著有點無精打采的妮妮，忽然覺得心軟。

「妮妮，別忘了渡渡鳥說過：『無時無刻都要貫徹無謂的競賽的精神，每個人都要在自己的位置上全力奔跑喔！』」

佳妮從褲子口袋裡拿出一個東西，揮手叫妮妮過來看。

「這是渡渡鳥給我們的獎品！」

　　妮_{ㄋㄧˊ}妮_{ㄋㄧˊ}在_{ㄗㄞˋ}包_{ㄅㄠ}包_{ㄅㄠ}裡_{ㄌㄧˇ}翻_{ㄈㄢ}找_{ㄓㄠˇ}了_{ㄌㄜ˙}一_ㄧ會_{ㄏㄨㄟˋ}兒_{ㄦ˙}，也_{ㄧㄝˇ}找_{ㄓㄠˇ}到_{ㄉㄠˋ}自_{ㄗˋ}己_{ㄐㄧˇ}的_{ㄉㄜ˙}筆_{ㄅㄧˇ}蓋_{ㄍㄞˋ}。

　　「我_{ㄨㄛˇ}要_{ㄧㄠˋ}拿_{ㄋㄚˊ}去_{ㄑㄩˋ}和_{ㄏㄢˋ}大_{ㄉㄚˋ}家_{ㄐㄧㄚ}炫_{ㄒㄩㄢˋ}耀_{ㄧㄠˋ}！」

　　妮_{ㄋㄧˊ}妮_{ㄋㄧˊ}說_{ㄕㄨㄛ}完_{ㄨㄢˊ}就_{ㄐㄧㄡˋ}一_ㄧ溜_{ㄌㄧㄡ}煙_{ㄧㄢ}跑_{ㄆㄠˇ}走_{ㄗㄡˇ}了_{ㄌㄜ˙}。

　　「妮_{ㄋㄧˊ}妮_{ㄋㄧˊ}，你_{ㄋㄧˇ}到_{ㄉㄠˋ}底_{ㄉㄧˇ}有_{ㄧㄡˇ}沒_{ㄇㄟˊ}有_{ㄧㄡˇ}把_{ㄅㄚˇ}我_{ㄨㄛˇ}說_{ㄕㄨㄛ}的_{ㄉㄜ˙}話_{ㄏㄨㄚˋ}聽_{ㄊㄧㄥ}進_{ㄐㄧㄣˋ}去_{ㄑㄩˋ}啊_{ㄚˊ}？站_{ㄓㄢˋ}住_{ㄓㄨˋ}！」

　　佳_{ㄐㄧㄚ}妮_{ㄋㄧˊ}一_ㄧ把_{ㄅㄚˇ}抱_{ㄅㄠˋ}住_{ㄓㄨˋ}毛_{ㄇㄠˊ}毛_{ㄇㄠˊ}追_{ㄓㄨㄟ}了_{ㄌㄜ˙}上_{ㄕㄤˋ}去_{ㄑㄩˋ}……

突如其來的沙塵暴！

我們在沙漠遇見了阿拉丁！

18:12

大量的沙子從魔法之書裡溢出來了！佳妮和妮妮被困在沙漠中，她們能逃離沙塵暴，在《一千零一夜》的王國裡，和阿拉丁一起找到黃金書籤嗎？

上集回顧 ▶ 全部播放

① 拯救彼得潘

彼得潘的單戀？

10:09

在夢幻島上，跟小仙子叮噹一起吃甜點的佳妮和妮妮，聽到關於彼得潘的小祕密……

① 拯救彼得潘

彼得潘VS虎克！

10:33

虎克船長把彼得潘和男孩們都抓走了！有誰可以把他們救出來呢？

第44～45頁的答案

①黃色，因為「人心惶惶」。②偷笑。③麋鹿，因為「迷路」。④海豹，因為「海報」。⑤別人身上。⑥布。⑦箭，因為「歸心似箭」。⑧走路。⑨每個月都有28天。⑩因為小明在睡覺。⑪所有鴨子都用兩隻腳走路。⑫1最懶惰、2最勤勞，因為「一不做，二不休」。⑬雞蛋裡。⑭土裡。⑮拍不出彩色照片。

魔法圖書館的群組

托米邀請佳妮和妮妮加入群組。

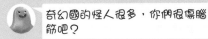 奇幻國的怪人很多，你們很傷腦筋吧？

 白兔講話太模稜兩可了！

 不過他煮的菜超級好吃！

 對了，帽子先生的帽子上為什麼寫著10/6呢？

 是帽子價格10先令6便士的意思。

 為什麼要把價格寫在帽子上呢？

在原著中，帽子先生是一名帽匠，價格表示這頂帽子也是商品。

 我記得原著不是「紅心王」，而是「紅心皇后」吧？

沒錯。你們更習慣原著的「紅心皇后」和「公爵夫人」嗎？

 我覺得沒差，是男生或女生並不重要。

白身的毛毛蟲和躲在皇冠裡的小國王也是原著沒有的。

 不管外貌或體型如何，懂得欣賞自己才重要。

是的。也許你們會覺得奇幻國和以前讀過的故事不一樣，不過與時俱進是很重要的，故事內容有必要跟著時代做調整。

 但我還是想趕快長大，是正常的長大喔！

 沒錯，絕對不是像吃了蘑菇那種長大方式！

《愛麗絲夢遊仙境》真是個奇怪的故事，作者是不是也很奇怪呢？

 我覺得他很酷喔！翻到下一頁看看吧！

路易斯・卡羅

Lewis Carroll

1832年1月27日～1898年1月14日
英國出身的作家、數學家、邏輯學家及攝影師

本名是查爾斯・路特維奇・道奇森（Charles Lutwidge Dodgson）：查爾斯・路特維奇用拉丁語念就是「路易斯・卡羅」，他用英文再次拼寫這個名字並當作自己的筆名。

路易斯‧卡羅出生在從事軍人和神職人員的保守家庭，在11個兄弟姐妹中排行第三。雖然路易斯因為口吃無法流利的表達，還有一邊的耳朵聽不到，但是他從小就讀了很多書，不但非常聰明，更擅長唱歌、說故事等才藝。

愛麗絲的照片。

《愛麗絲夢遊仙境》是路易斯在某次旅行的途中，一時興起而編給朋友3個女兒聽的故事，當中二女兒的名字就叫做愛麗絲。後來在朋友的鼓勵下，路易斯在1865年將這個故事編成書籍出版。雖然一開始評論家都認為這個故事太荒唐而評價不佳，但是《愛麗絲夢遊仙境》卻意外的大受歡迎，連當時的英國女王都非常喜歡。直到現在，《愛麗絲夢遊仙境》已經被翻譯成125種語言，以這個故事為基礎的電影、劇作、小說等作品也是數之不盡。

此外，路易斯還寫了《愛麗絲夢遊仙境》的續集《愛麗絲鏡中奇遇》、小說《西爾薇與布魯諾》、詩集《獵鯊記》等作品，使他成為世界知名的作家。

路易斯畫的愛麗絲。

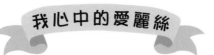

我心中的愛麗絲

如果你是《愛麗絲夢遊仙境》的作者，你會怎樣描繪愛麗絲呢？
把你的想像寫出來、畫出來吧！

年紀		頭髮顏色	
興趣		特技	
居住地		家庭成員	
喜歡的食物		討厭的食物	
喜歡的顏色		討厭的顏色	
喜歡的天氣		討厭的天氣	
喜歡的科目		討厭的科目	
個性			
座右銘			
平常的打扮			

找出隱藏的名字

愛麗絲正在招待奇幻國的朋友們，
請你從下面找出9個故事中人物的名字。

監	窗	城	帽	一	奇	撲	毛			
書	漩	子	大	牢	幻	毛	刑			
淚	先	無	乾	信	蟲	黑	實	魚	錶	哭
生	貓	公	爵	冷	國	冠	米			睡
愛	怪	皎	心	王	菇	趣	三			鼠
法	渡	鏡	獎	杯	院	蘿	月			房
餅	白	兔	茶	樹	愛	蔔	兔	籤	飯	鶴
黃	戲	果	爾	鐘	麗	蛋	槌			
	時	間	先	生	絲	糕				

答案

上下兩張圖共有5個不同的地方，你能找到嗎？答案在後面唷！

愛麗絲的奇幻仙境

國家圖書館出版品預行編目（CIP）資料

魔法圖書館 2 愛麗絲的奇幻仙境 / 安成燻作；李景
姬繪；石文穎譯 . -- 初版 . -- 新北市：大眾國際書局，
2022.8
152 面；15x21 公分 . -- （魔法圖書館 ；2）
ISBN 978-986-0761-56-6（平裝）

862.599   111008843

小公主成長學園CFF026

魔法圖書館 2 愛麗絲的奇幻仙境

作　　　　者	安成燻
繪　　　　者	李景姬
監　　　　修	工作室加嘉
譯　　　　者	石文穎

總　　編　　輯	楊欣倫
執　行　編　輯	徐淑惠
特　約　編　輯	林宜君
封　面　設　計	張雅慧
排　版　公　司	芊喜資訊有限公司
行　銷　統　籌	楊毓群
行　銷　企　劃	蔡雯嘉

出　版　發　行	大眾國際書局股份有限公司　大邑文化
地　　　　址	22069 新北市板橋區三民路二段 37 號 16 樓之 1
電　　　　話	02-2961-5808（代表號）
傳　　　　真	02-2961-6488
信　　　　箱	service@popularworld.com
大邑文化 FB 粉絲團	http://www.facebook.com/polispresstw

總　　經　　銷	聯合發行股份有限公司
	電話　02-2917-8022　　　傳真　02-2915-7212

法　律　顧　問	葉繼升律師
初　版　一　刷	西元 2022 年 8 月
定　　　　價	新臺幣 280 元
Ｉ　Ｓ　Ｂ　Ｎ	978-986-0761-56-6

大邑文化讀者回函

謝謝您購買大邑文化圖書，為了讓我們可以做出更優質的好書，我們需要您寶貴的意見。回答以下問題後，請沿虛線剪下本頁，對折後寄給我們（免貼郵票）。日後大邑文化的新書資訊跟優惠活動，都會優先與您分享喔！

✍ 您購買的書名：＿＿＿＿＿＿＿＿＿＿＿＿＿＿＿＿＿＿＿＿＿＿＿

✍ 您的基本資料：

姓名：＿＿＿＿＿＿＿，生日：＿＿年＿＿月＿＿日，性別：□男　□女

電話：＿＿＿＿＿＿＿＿＿，行動電話：＿＿＿＿＿＿＿＿＿＿＿＿＿

E-mail：＿＿＿＿＿＿＿＿＿＿＿＿＿＿＿＿＿＿＿＿＿＿＿＿＿＿＿＿

地址：□□□-□□＿＿＿＿＿縣／市＿＿＿＿＿鄉／鎮／市／區

＿＿＿＿路／街＿＿段＿＿巷＿＿弄＿＿號＿＿樓／室

✍ 職業：

□學生，就讀學校：＿＿＿＿＿＿＿＿＿＿＿＿＿，＿＿＿＿＿＿年級

□教職，任教學校：＿＿＿＿＿＿＿＿＿＿＿＿＿＿＿＿＿＿＿＿＿＿＿

□家長，服務單位：＿＿＿＿＿＿＿＿＿＿＿＿＿＿＿＿＿＿＿＿＿＿＿

□其他：＿＿＿＿＿＿＿＿＿＿＿＿＿＿＿＿＿＿＿＿＿＿＿＿＿＿＿＿

✍ 您對本書的看法：

您從哪裡知道這本書？□書店　□網路　□報章雜誌　□廣播電視

□親友推薦　□師長推薦　□其他＿＿＿＿＿＿＿＿＿＿＿＿＿＿＿＿

您從哪裡購買這本書？□書店　□網路書店　□書展　□其他＿＿＿＿

✍ 您對本書的意見？

書名：□非常好□好□普通□不好　　封面：□非常好□好□普通□不好

插圖：□非常好□好□普通□不好　　版面：□非常好□好□普通□不好

內容：□非常好□好□普通□不好　　價格：□非常好□好□普通□不好

✍ 您希望本公司出版哪些類型書籍（可複選）

□繪本□童話□漫畫□科普□小說□散文□人物傳記□歷史書

□兒童/青少年文學□親子叢書□幼兒讀本□語文工具書□其他＿＿＿＿

✍ 您對這本書及本公司有什麼建議或想法，都可以告訴我們喔！

＿＿＿＿＿＿＿＿＿＿＿＿＿＿＿＿＿＿＿＿＿＿＿＿＿＿＿＿＿＿＿＿

＿＿＿＿＿＿＿＿＿＿＿＿＿＿＿＿＿＿＿＿＿＿＿＿＿＿＿＿＿＿＿＿

＿＿＿＿＿＿＿＿＿＿＿＿＿＿＿＿＿＿＿＿＿＿＿＿＿＿＿＿＿＿＿＿

大邑文化

220-69
新北市板橋區三民路二段 37 號 16 樓之 1

郵件人地址：
□□□-□□
縣/市 鄉/鎮/市/區
路/街 段 巷 弄 號 樓/室

廣告回信
板橋郵局登記證
板橋廣字第 987 號
免貼郵票

大邑文化

服務電話：（02）2961-5808（代表號）

傳真專線：（02）2961-6488

e-mail：service@popularworld.com

大邑文化 FB 粉絲團：http://www.facebook.com/polispresstw

第142~143頁的答案